Quelques Mots

sur

M. DE LAMENNAIS.

UN

Anglais à Versailles.

Imprimerie et lithographie de MAULDE et RENOU, rue Bailleul, 9 et 11.

Quelques Mots

SUR

M. DE LAMENNAIS.

UN ANGLAIS A VERSAILLES.

Par Mme Bonnejoy-Perignon.

Quelques Mots

SUR

M. DE LAMENNAIS.

Quelques Mots

sur

M. DE LAMENNAIS.

—·—

L'époque dans laquelle nous vivons est des plus étranges : époque de transition et de progrès, elle prit naissance dans le temps où le despotisme courbait, sous sa verge de fer, les peuples tremblant devant lui ; selon toute apparence, elle doit nous conduire à une ère fortunée, à une sorte d'âge d'or, dont tout être supérieur a le pressentiment. Mais en attendant ce moment désiré, le philosophe, ami de l'humanité, ne peut voir sans une profonde douleur l'espèce d'égarement qui s'empare de notre plus illustre écrivain. On ressent l'impression la plus pénible en parcourant l'écrit intitulé *le Pays et le Gouvernement*, que M. de Lamennais, dans une sorte de délire, vient de se complaire à créer. Ah! ce n'est pas pour en faire un tel usage, que Dieu lui fit don d'un si magnifique talent! Ce n'est pas pour égarer les peuples, pour faire luire à leurs yeux de fausses et perfides lueurs, qu'il fut doué d'un vaste génie. Pourquoi prêcher à la classe ouvrière des maximes qu'elle ne doit pas connaître? Pourquoi lui faire entendre des mots subversifs et dangereux? Quels motifs peuvent animer le célèbre auteur lorsqu'il dit au prolétaire « que « l'on abuse de sa position pour l'opprimer et « le rendre malheureux; qu'il est obligé à un « travail forcé que ne peut compenser le salaire insuffisant qui lui est offert, etc., etc. »

M. de Lamennais, lorsqu'il parle ainsi, semble plutôt suivre les inspirations d'une imagination égarée, que celle d'un jugement sain et réfléchi. S'il eût étudié plus attentivement les habitudes de la classe ouvrière, ses heures les plus malheureuses et les plus péniles, il les eût trouvées non pas parmi celles qu'elle passe satisfaite d'un laborieux travail, rapportant à sa famille un salaire honorablement acquis, mais bien dans celles où l'inaction et l'ennui la livrent à des vices qui la tourmentent et l'avilissent.

Est-ce donc au moment où une déplorable crise commerciale accable notre patrie, à l'instant où des faillites successives ruinent, l'un après l'autre, nos plus opulens manufacturiers, qu'il est permis à un homme raisonnable de venir dire à l'artisan : « On spécule sur vos sueurs, on s'enrichit à l'aide de vos travaux? » Que deviennent ces richesses? où donc est enfouie cette fortune? Que M. de Lamennais, s'il dit la vérité, nous les indique et nous la montre.

Et non content de troubler, d'égarer, à l'aide de maximes mensongères, l'ouvrier des villes, il cherche à exciter l'ambition, à éveiller dans l'habitant des campagnes des passions malheu- reuses et coupables. Plutôt que de déplorer, ainsi qu'il le fait, la destinée des cultivateurs, qu'il vienne observer leurs mœurs; qu'il aille sous le chaume; et là, contemplant ces brunes et joyeuses figures où respirent la santé et le bonheur, qu'il assiste aux rondes bruyan- tes et animées que forment chaque soir les villageois qui se délassent par de joyeux chants des travaux de la journée. Ah! qu'il les laisse à leur existence! Remplacera-t-il le calme, la véritable satisfaction, la santé qu'ils possèdent, par les tourmens, les humiliations, le désespoir que connaît l'ambition.

Avant d'exciter le mécontentement, l'irrita- tion des classes obscures, avant d'exalter ainsi tout ce que les passions populaires peuvent avoir de plus dangereux, M. de La- mennais eût dû réfléchir que Dieu imposa à l'homme, pour première condition de son

existence, un travail incessant; qu'il doua
l'un d'une intelligence supérieure, tandis
qu'il départit à l'autre une force physique qui
le met en état d'exécuter les travaux manuels
nécessaires à l'entretien, à l'embellissement
de l'existence. Il eût dû penser que dans les
villes aussi bien que dans les campagnes,
chez les grands comme chez le peuple, cha-
cun emploie les facultés qui lui ont été dépar-
ties par la nature : tout le monde s'occupe
et travaille, le chef bien plus encore que les
ouvriers dont il se sert.

Mais ces réflexions sont trop évidentes, ces
remarques ont trop de justesse, pour qu'elles
aient échappé à M. de Lamennais : il le sait
comme tout le monde. Seulement ces accusa-
tions sont fausses : n'étant pas convaincu de
ce qu'il avance, il est de mauvaise foi ; il ne
cherche nullement à éclairer le peuple, mais
bien à l'égarer. Ce n'est pas l'amour de l'humanité qui l'inspire : l'affection, la bienveillance
sont étrangères à de semblables idées ; elles
ne se servent pas de termes aussi amers. Mé-

content, irrité de la fausse position dans laquelle l'ont jeté d'orgueilleuses et fatales inspirations, il parcourt en rugissant le cercle qu'il lui est défendu de franchir. Animé par la haine, par la colère, il trempe sa plume dans le fiel, et vient, en face de la France, distiller son venin sur ce que tout être estimable respecte et honore.

La dernière production de M. de Lamennais, celle pour laquelle il vient d'être condamné à un an d'emprisonnement, est surtout remarquable par l'esprit démagogique qui l'a dictée ! Jusqu'alors, dans ses précédentes publications, gardant une sorte de mesure, du moins il respectait la forme s'il attaquait le fond. Dans ses dernières pages, mettant de côté toute retenue, abjurant toute espèce de pudeur, le grand écrivain, le puissant orateur, le logicien ferme et concis, sont tout-à-fait disparus. M. de Lamennais renonçant à la dignité de littérateur, à la réserve que tout homme politique conserve dans la discussion, n'est plus qu'un dangereux pamphlétaire, qui, à l'ombre d'un

nom illustré par le plus beau talent, répand des
paradoxes tout aussi absurdes qu'ils sont con-
damnables. Ce pamphlet portant une signa-
ture sans renom n'eût été lu par personne,
ou bien il aurait été rejeté avec dégoût par
celui qui eût perdu son temps à le parcourir:

Dans cet écrit, l'auteur attaque principale-
ment nos chambres législatives, reprochant à
celle des Pairs de ne jamais résister à aucun
ministère et de céder à toutes les demandes
qui lui sont faites. M. de Lamennais oublie,
en formulant cette accusation, que sous le
règne de Charles X, les Pairs refusèrent de
sanctionner la loi sur le droit d'aînesse, qui
venait d'être adoptée par les Députés. Ce re-
fus est assez grave, cependant, assez impor-
tant pour qu'on veuille bien se le rappeler.
Présentée par un ambitieux ministère, cette
loi, en accumulant les richesses de toute une
famille sur la même tête, devait contribuer
puissamment à ramener l'ancien régime : elle
commençait le mouvement rétrograde que cer-
tains conseillers de Charles voulaient exécuter.

La chambre sut résister à tous les moyens de séduction que l'on tenta à cette époque pour gagner son suffrage ; elle le refusa et anéantit pour toujours ce dangereux projet.

Tout récemment les Députés viennent de donner une preuve de leur patriotisme en votant les millions nécessaires à la construction de l'enceinte qui doit entourer Paris. Des faits tels que ceux-là répondent victorieusement à toutes les objections, et détruisant toute espèce d'accusation , ils réfutent les calomnies que M. de Lamennais se fait un jeu de formuler.

Ah ! ce n'est pas ainsi que doit agir, que doit penser le véritable *ami du peuple* ; ce n'est pas en employant le mensonge pour l'exciter à l'anarchie, à la révolte, que l'on conduira ce peuple au bonheur. Que le fougueux démocrate se rappelle les préceptes que du haut de la chaire évangélique il faisait, naguère encore, entendre à la foule , avide de les recueillir ; qu'il relise les pages de *l'Avenir*, ces pages empreintes d'une si douce et si puissante éloquence ; qu'il se reporte à ce temps où, prêtre

honoré il remplissait avec joie, avec bonheur,
la noble mission que Dieu lui avait confiée, à
ces instans où, entouré du respect du peuple,
de l'admiration de ses confrères, de l'estime,
de l'affection de ses supérieurs, il s'élançait,
ardent et courageux Apôtre, dans la route que
le devoir, la raison, la vertu lui avaient tracée.

Où sont aujourd'hui les félicitations, les en-
couragemens qu'il était habitué à entendre ?
Quels amis l'accompagnent dans la sombre
demeure qu'aujourd'hui, une société outragée,
vient de lui assigner. Nous parlera-t-il de ces
jeunes gens qu'égare sa parole fallacieuse, de
ces ouvriers trompés par de faux semblans
d'intérêt et d'affection? Non, M. de Lamennais
ne ressent rien pour eux. En parlant le lan-
gage qu'il leur adresse, il cherche à les séduire,
à s'en faire des créatures, des appuis. Dévoré
par une ambition insatiable, il tente tous les
moyens de désordre, de bouleversement que
peut lui inspirer la fièvre qui l'anime. Il pense,
dans de coupables espérances, réaliser une révolution que prêche ses écrits, et enfin arriver

au pouvoir que depuis tant d'années il désire ardemment.

Républicains, c'est aussi à vous que ces lignes sont adressées. Ne vous laissez pas égarer plus long-temps par d'adroits imposteurs qui, fourbes habiles, exploitant à leur profit votre généreuse ardeur, se feront un marche-pied de vos cadavres, et s'élevant au dessus de la foule à l'appui de votre courage, souriront avec ironie en voyant avec quelle facilité on vous trompe et combien votre dévouement est aveugle. Avant de croire à la parole d'un homme, étudiez sa vie et pesez ses actions. Le passé doit éclairer votre expérience, car il vous apprend l'avenir.

Enthousiastes adolescens, quel que soit l'étendard qui vous guide, ah! pensez-y bien! il est celui de la patrie. République, empire ou royaume, qu'importe le nom que l'on nous donne, ne sommes-nous pas toujours Français, et les nobles couleurs n'ombragent-t-elles pas le front de nos guerriers?

« En dépit de royales volontés, vous dit-on,

« et malgré toute la prudence humaine, l'heure
« des conquêtes, de la gloire, *le cri de guerre*,
« enfin, ne peut tarder à se faire entendre. Les
« événemens marchent et se pressent. De l'o-
« rient à l'occident, du midi au septentrion,
« bientôt le canon va retentir ; le fracas des
« batailles frappera votre oreille. Vous pour-
« rez alors, à votre tour, ceindre vos fronts de
« glorieuses couronnes et faire retentir les
« chants de triomphe , qu'enfans vos pères
« vous ont appris. Les temps de l'empire, si
« vous le voulez, sont prêts à renaître ! Aux
« lambris de Schœnbrunn, aux murs de Ber-
« lin vous pouvez encore arborer vos cou-
« leurs ; et réfléchies dans les eaux de la
« Néwa , les flammes de Saint-Pétersbourg
« peuvent vous rappeler celles de Moscou. »

Mais pour obtenir ce résultat, dont on cherche à vous flatter, il faut autre chose que la
fièvre belliqueuse qui bouillonne en vos veines.
Le courage est bien peu s'il n'est uni à la prudence. Le plus bel ornement du char triom-
phateur, ce sont les chaînes du vaincu. La

défaite est bien près de la victoire, et peut-
être, au lieu de ces lauriers que, dans votre
courageux élan, déjà vous vous disposez à
cueillir, peut-être vous faudra-t-il tendre la
main aux fers de l'esclavage.

Car nous ne pouvons nous le dissimuler, la
lutte serait longue et terrible. Vingt nations à
la fois, entourant nos frontières, chercheront
à nous imposer leurs lois, et peut-être, nous
feront-elles disparaître. Nous aurons pour ad-
versaire une partie du monde!...

En présence de semblables dangers, ce ne
serait pas assez de toute votre énergie, de
tout votre dévouement: Français de toutes les
opinions, si vous ne voulez cesser d'exister,
il faut vous réunir! Abjurez de fatales discus-
sions ; en les prolongeant, elles causeraient
votre ruine. Ne voyez plus que la patrie en
danger. Entourez votre chef, autour de lui et
de sa famille pressez les rangs... Formez-leur
de vos corps un rempart invincible. Qu'ils deviennent enfin votre point de ralliement....
Seulement alors, vous pourrez marcher au com-

bat, si l'Europe vous y forçait. Vos forces cen-
tuplées par votre union vous rendront invul-
nérables. L'ennemi, dont tout l'espoir est dans
votre division, tremblera à votre aspect. Et
c'est au cri de *Vive la France !* que vous
vengerez par des victoires les insultes faites
à votre drapeau.

Un Anglais à Versailles.

FRAGMENT D'UN OUVRAGE INTITULÉ LA MARQUISE DE LA
ROCHE-SUR-YON.

2

UN

Anglais à Versailles.

I

Un matin, sir Williams, duc de Leyssesley, se dirigea vers le palais de Versailles, cherchant, dans la contemplation des chefs-d'œuvre qui le décorent, quelque trève à la contrariété dont il était tourmenté.

Ce musée était depuis peu livré à la curiosité, et une foule avide inondant ses galeries les jours où elles sont publiques, Williams, pour l'éviter, avait sollicité un billet qui lui permît de pouvoir les visiter dans les momens interdits, et seul, il pénétra dans cet édifice consacré à *toutes les gloires de la France.*

En proie à une préoccupation inquiète et chagrine, Leyssesley ne laissa d'abord tomber sur les premiers tableaux que des regards indifférens ; mais à l'aspect des toiles immenses qui lui apparaissent, à la vue de ces lambris où l'histoire se dessine grandiose et superbe, Williams découvre son front interdit, et s'incline avec respect devant ces images.

Le passé est devant lui. Les événemens cachés sous la poussière des siècles, que le temps de ses ailes dévastatrices eût effacés des annales du monde, sont là, sous ses yeux. Non pas ternes et pâles, transmis par d'informes narrations, mais palpitans de vie.

Il assiste à la prise de ces villes. Le canon retentit ; les boulets enflammés s'élancent avec fracas du bronze ; il les voit, répandant l'épou-

vante et l'horreur, tracer à travers les com-
battans de sanglans sillons. Il aperçoit ces
guerriers couronnés par le Dieu des batailles,
il les entend faisant retentir leurs chants de
victoires.

Pour lui ces héros prennent un corps, un
visage. Les voilà guidant au combat leurs pha-
langes invincibles ; ils prodiguent à la patrie
leur sang et leur existence, et exécutent à l'aide
de leur énergie , de l'exaltation dont ils sont
animés, de fabuleuses réalités. Les voilà faisant disparaître la faiblesse humaine sous la
force que donne l'héroïsme, ils grandissent de
toute la hauteur de leurs courageuses inspirations et renouvellent, faibles et imparfaites créatures, les hauts-faits des demi-dieux. Et là
patrie, à genoux devant eux, leur donne, en
échange de la gloire qu'ils lui prodiguent les
honneurs de l'apothéose.....

Williams ému, fasciné, contemplait ces tableaux, étudiant la pensé qui présida à leur
création :

« Ombres de *Louis XIV* et de *Napoléon,*

« s'écrie-t-il, le monarque qui vous consacra
« un temple aussi bien en harmonie avec vos
« existences gigantesques, mérite près de vous
« une place élevée ; car il faut une ame et bien
« noble et bien grande pour réaliser cette hé-
« roïque conception.

« Palais du grand roi, continue-t-il, ruine
« majestueuse et célèbre, avant cette volonté
« de *Louis Philippe*, vous étiez comme frappé
« de la foudre. Les souverains avaient cessé
« de vous habiter ; le sable de vos bosquets
« n'était plus foulé par de belles femmes et
« de fiers chevaliers ; votre théâtre était som-
« bre, muet, désert ; votre immense architec-
« ture semblait être un tombeau. Et rien ne
« rappelait, à travers la tristesse et la solitude
« de vos salons, le faste et la splendeur dont
« autrefois ils étaient animés.

« L'heureuse inspiration du Roi des Fran-
« çais vous rend à l'existence. Une seconde
« fois vous venez de naître, et lorsque vous
« voyez circuler à travers vos galeries tout un
« peuple palpitant d'admiration : lorsque vous

« contemplez le culte de reconnaissance qu'il
« porte aux renommées que protègent vos lam-
« bris, et que vous entendez ce concert d'ac-
« tions de grâces, vous ne devez pas regretter
« le siècle de *Louis XIV*. Alors circulait dans
« votre enceinte une foule adressant déjà des
« louanges, et rendant aussi des hommages ;
« mais à cette époque elle s'agenouillait en face
« du diadème, aujourd'hui elle s'incline devant
« le Génie...»

II.

Leyssesley parcourait lentement les diverses
parties du palais : s'arrêtant en face de chaque
tableau, étudiant les sujets qu'ils représentent,
il les contemplait avec un intérêt profondément
senti. L'Histoire de France, depuis les premiers
temps de la monarchie jusqu'au règne actuel,

appelait ses regards et fixait toute son attention.

Ici *Clovis* écoute les exhortations de *Clo-
thilde*, sa royale épouse. Egaré long-temps par
des prêtres imposteurs, il prête enfin, à la voix
éloquente de la vertueuse chrétienne, une oreille
attentive ; ébranlé déjà par ses discours, la
victoire, en couronnant son front du laurier
vainqueur, achève de le convertir, et sur sa
tête, *saint Remi* répand les eaux régénératrices
du baptême.

Plus loin, *Charlemagne* prélude, par des
conquêtes sans cesse renaissantes, à l'établis-
sement de son empire. Immense entreprise
qu'un héros moderne devait renouveler à nos
yeux, exerçant son pouvoir sur une partie du
monde, les peuples s'inclinent en tremblant
devant lui. Plus heureux dans ce siècle reculé
que ne le fut de nos jours le grand capitaine,
il mourut dans son palais, protégé par l'aigle
impérial, entouré des respects de toute sa cour
et d'une partie du monde ; tandis que son suc-
cesseur, victime des caprices de la fortune,

enchaîné sur un roc, loin d'une patrie idolâtrée, expia, par d'affreuses tortures, les grandeurs dont un instant il s'était vu comblé.

Puis c'est *Louis IX*, guidant en Palestine ses sujets impatiens de combattre les infidèles, et d'affranchir cette terre purifiée par le sang d'un Dieu.

C'est encore ce roi qui exhale sous les murs de Tunis son dernier soupir, et qui, donnant à son armée en pleurs le spectacle de la mort d'un saint, perd, loin de sa capitale, une existence que lui ravit, sur des bords étrangers, une fatale contagion.

Là *Charles VII*, dans l'église de Reims, s'incline devant le prêtre du Très-Haut. A genoux, les mains jointes, il reçoit l'onction sacrée. Défendu par une villageoise, née aux champs lorrains, qu'une main divine dirigea au milieu des armées ennemies, *Jeanne d'Arc* le conduit en ce lieu.

Elle est là, lui prêtant l'appui de son nom, de son courage, laissant tomber sur lui des regards de sollicitude ; elle soutient de son

bras l'oriflamme que tant de fois elle conduisit à
la victoire, et protége de son ombre sacrée la
personne de son roi.

Pauvre infortunée, hâte-toi de goûter la douceur de ce glorieux moment, car bientôt, au
milieu des flammes, les Anglais te feront expier
par d'atroces tortures les triomphes que tu
parvins à remporter sur eux.

Dans la galerie voisine, Williams remarqua
la statue de cette guerrière, que la princesse
Marie, seconde fille du roi *Louis-Philippe*, se
plut à créer. Exécuté par une main qui si malheu-
reusement fut ravie à la terre, ce marbre semble
respirer : les traits doux et fins de la bergère de
Domremy ont une expression angélique qui
charme la vue ; la pureté de son ame, son calme
sublime apparaissent distinctement sur cette
blancheur.

Ce n'est pas l'héroïne au front menaçant, à
l'œil ardent et fier, respirant la mêlée et les
combats : c'est la Vierge chrétienne avec toute
son innocence, toute sa piété. Pressant contre
sa poitrine une épée dont la poignée forme la

croix, symbole d'une religion à laquelle elle
consacra son existence, Jeanne semble la re-
mercier de ses triomphes. La beauté de cette
statue se distingue merveilleusement parmi
les chefs-d'œuvre qui l'entourent.

Il était donné au ciseau seul d'une ame
aussi vertueuse, de transmettre avec autant
de perfection, à la postérité, ces traits remar-
quables. Ce fut de la part de la fille des rois,
une généreuse et poétique inspiration que de
choisir, parmi tant de fastueuses et éclatantes
renommées, celle qui, naissant la plus obscure,
reçut le jour sous l'humble toit d'une chaumière.

III

Williams allant ainsi à travers la royale demeure, parvint à la salle chargée de transmettre à la postérité la révolution de 1792. Il
contemplait avec une profonde attention l'immense tableau rappelant une des premières
scènes de cette histoire, *le Serment du jeu de*

Paume, et portait un œil curieux sur la figure
qui, dominant toute l'époque révolutionnaire,
lui imposa une impulsion formidable, sur celle
de *Mirabeau*. Les spectateurs, fascinés par
leur tribun chéri, palpitaient d'ardeur et d'au-
dace. Il voyait le sang circuler bouillant dans
leurs veines et leur fièvre d'indépendance,
leur besoin d'égalité devenir plus impérieux
de moment en moment.

Il comprenait tout ce que cet homme qui,
à sa voix puissante, soulevait les brûlantes
passions de la foule, pouvait tenter. En voyant
ces regards étincelans, l'exaltation de ces
physionomies, Leyssesley devinait que le ré-
veil de ce peuple pouvait être terrible; qu'é-
garé par de fatales inspirations, il dresserait
les autels de la liberté dans le sang; que nouvelle Euménide, elle exigerait de nombreuses
victimes, et que sa statue déifiée par des sec-
tateurs en délire, s'élèverait à l'ombre des
échaufauds.

Pourquoi faut-il, hélas! que cet immense
événement ait été acheté par de si horribles

sacrifices, et qu'il ait fallu que des têtes dont le caractère auguste et sacré eût dû inspirer un respect inviolable, payassent de leur existence cette régénération nouvelle.

Le duc, parmi toutes ces toiles, distingua particulièrement une d'entre elles, représentant l'intérieur d'un cabinet de Versailles. Un homme, assis devant un bureau, indique du doigt, sur une carte géographique, à un militaire revêtu du grand uniforme d'officier de marine, les lieux qu'il doit visiter. Il apporte à cet examen une attention remarquable; et l'on comprend, à la vue du respect avec lequel il reçoit ses ordres, qu'ils seront exécutés ponctuellement.

L'un de ces personnages est *Louis XVI*, l'autre *La Peyrouse* recevant les dernières instructions pour son voyage autour du monde. On ressent un profond attendrissement à la vue de ces hommes qui se voient là pour la dernière fois. Accomplissant tous deux une douloureuse et fatale destinée, ils se séparent : le sujet, pour affronter, dans un autre hémis-

phère, une mort sanglante ; le monarque,
pour mourir dans sa patrie, devant une foule
immense, par la hache du bourreau.

Du centre de toutes ces horreurs, Williams
vit surgir et s'élever tout à coup, des rangs de
la nation, semblables à de bienfaisantes et courageuses divinités, des jeunes gens qui, venant
s'offrir en holocauste et faisant de leurs corps,
à la patrie en danger, un rempart invincible,
couvrent ses frontières de leurs cadavres, ex-
pirent en la bénissant et offrent à l'Europe
entière, conjurée contre elle, le spectacle inat-
tendu de leur énergie et de leur grandeur
d'ame.

Puis s'élevait, porté sur le pavois, le chef
de ces guerriers : *Napoléon* reposant son front
couronné dans le palais des rois de France ; et
faisant succéder aux lis bourbonniens, l'aigle
impériale.

Époque fantastique de l'Empire, la postérité,
en parcourant tes annales, croira à peine à
leur véracité ; en lisant la narration de tes
triomphes, elle les prendra pour un récit fa-

buleux; car, unique résultat d'un temps et
d'un courage inouïs, les siècles passés ne nous
ont pas encore montré de semblables pro-
diges.

IV

Le lord, suivant la hiérarchie des temps, parvint à la salle où les événemens de 1830 se trouvent reproduits : suite d'une effervescence populaire et subite, cette révolution est une preuve irrécusable de la puissance colossale qu'exerce aujourd'hui la volonté des nations.

Dans trois jours, une famille de rois, possé-
dant depuis des siècles la couronne, se voit,
au milieu de son armée, violemment renver-
sée du trône. Exilée loin de sa patrie, par un
peuple fatigué d'erreurs sans cesse repro-
duites, elle doit désormais passer sur la terre
étrangère les années que Dieu lui réserve encore. Confondant dans sa colère de timides
enfans et des femmes innocentes, il les enve-
loppe tous dans un courroux aveugle, et les
repoussant avec indignation loin de lui :

« Portez ailleurs, leur dit-il, vos lois fa-
« tales et vos tyranniques ordonnances. Le
« sort en est jeté, la France ne veut plus de
« vous pour ses monarques... »

Et demandant à l'ancien Palais Cardinal de
nouveaux souverains, il vient par de bruyantes
acclamations, annoncer au *duc d'Orléans* qu'il
l'a choisi pour être désormais son chef et son
roi.

Le peintre a saisi, pour retracer cette époque, l'instant où le duc, monté sur un superbe cheval, se dirige vers l'Hôtel-de-Ville,

où sont assemblés les membres du gouvernement provisoire. Les rues couvertes de débris, attestent, par le désordre qui y règne, combien la lutte, dont elles viennent d'être le théâtre, a été énergique ; les pavés gisent épars çà et là ; quelques barricades existent encore, et l'on aperçoit, regardant avec stupéfaction le Lieutenant-Général, des hommes tout étonnés d'un aussi prompt et d'un aussi immense triomphe.

Une toile voisine, rappelle le moment où le nouveau souverain, en présence de sa famille, des pairs et des députés réunis, jure, devant Dieu, de maintenir et de protéger, au péril de sa vie, cette Charte, accordée quinze années auparavant, par la sagesse de *Louis XVIII,* aux besoins moraux de sujets, que des événemens successifs ont rendu passionnés pour la liberté. Palladium sacré, il semble à l'imagination étonnée de la chute de *Charles X*, que l'insensé assez osé pour y poser une main téméraire, soit à l'instant maudit et frappé à mort, comme autrefois au temps d'Israël, une divinité implacable et vengeresse lançait la foudre sur le sacrilége assez hardi pour porter à l'arche sainte un bras audacieux.

Depuis quelques instans, sir Williams était arrivé dans la salle nommée autrefois Chambre de la reine. Arrêté devant un des tableaux qui la décorent, il en étudiait l'ensemble, lorsque la voix d'un homme, adressant la parole à une femme qui l'accompagne, attire son attention :

« — C'est ici, disait-il, c'est dans cette enceinte, que se passa, il y a cinquante années, une scène atroce. Vous connaissez sans doute cet événement : votre père, j'en suis certain, dût plusieurs fois vous en entretenir ; garde-du-corps lui-même, ce palais fut témoin de son courage et de son dévouement.

« Alors, pour nous autres nobles, la royauté avait quelque chose de sacré : le monarque était pour les gentilshommes de sa cour, un être supérieur ; pour ses sujets, il devenait

« un Dieu. Séparé des rangs populaires par
« un espace immense, il planait du haut d'un
« piédestal, sur la nation tremblante à ses
« pieds. Alors un soldat heureux n'avait pas
« encore, dans notre France, ceint le diadème
« impérial ; et sous les lambris de cette fas-
« tueuse demeure, circulait une noblesse dont
« l'antiquité se perdait dans la nuit des
« temps. »

« Aujourd'hui, traînée dans la fange révolu-
« tionnaire, disparue à demi dans le sang, la
« couronne cependant, tout en perdant une
« partie de son éclat, de son prestige, n'en
« reste pas moins la plus grande et la plus
« forte protectrice de l'état social. Mais au-
« trefois nous entourions notre roi de respect,
« d'amour, et nos enfans, grandis dans ce
« culte, devaient le continuer aux siens.

« La destinée n'a pas voulu qu'il en fût
« ainsi : des tiges étrangères sont venues
« éclore à l'ombre de ce trône.... Mais le 6
« octobre 1789, Versailles était occupé par
« le vertueux Louis XVI et sa famille. D'ef-

« frayantes clameurs déjà s'étaient fait en-
« tendre. Depuis quelque temps le peuple
« préludait à d'horribles récriminations. Nous
« redoutions, entre ces hommes égarés et
« nous, troupe dévouée et fidèle, une san-
« glante rencontre.

« Tout à coup l'enceinte royale est invahie
« par une horde furieuse; l'œil étincelant, la
« parole menaçante, le bras armé de piques et
« de poignards, elle inonde les escaliers, les
« corridors, les salons; laissant de tous côtés
« sur son passage une trace horrible, elle se
« précipite et cherche à travers les apparte-
« mens, le lieu où repose la reine.

« Ensevelie dans les bras du sommeil, *Ma-*
« *rie-Antoinette* eût été surprise si des cris ne
« l'eussent avertie du danger qui la menaçait.
« Tremblante, éperdue, fuyant un épouvan-
« table trépas, elle s'élance hors de sa couche,
« et demi-nue, folle de terreur, se dirige vers
« la porte dérobée qui, de son alcôve, conduit
« chez son époux.

« La famille royale échappa ce jour à la fu-

« reur populaire ; plusieurs têtes furent épar-
« gnées. Ne fallait-il pas que plus tard elles
« roulassent sur l'échafaud ?...

« Mais si elles furent sauvées en cet instant,
« leurs gardes payèrent de leur existence cet
« événement. — Tenez, continue le narrateur,
« on aperçoit encore sur cette boiserie la trace
« des balles dirigées contre celui qui, placé à
« cette porte, protégea la fuite de la reine, en
« s'offrant magnanime victime, au feu des
« assassins. Le plomb homicide a laissé son
« empreinte sur ces murailles, et cette vue
« rappelle à nos descendans tout ce que cette
« fatale époque a vu s'accomplir d'atroces ac-
« tions et de sublimes dévouemens. »

Une voix de femme, douce et harmonieuse,
interrompit en cet instant le narrateur :

« De pareils actes, dit-elle, durent, au mi-
« lieu de leurs peines, procurer aux illustres
« malheureux une sorte de consolation.

« S'il existe sur la terre quelque douceur,
« ajouta-t-elle, on ne peut les demander
« qu'aux charmes d'une affection profonde. Il

« est si doux de passer sa vie, entouré de
« cœurs dévoués, de s'appuyer sur des ames
« aimées, de recevoir d'elles, sans cesse, des
« marques de sollicitude. N'est-ce pas, que vous
« pensez ainsi, mon ami, dit-elle?... »

Et pressant d'une main caressante, celle de
son compagnon, cette personne garda le si-
lence, plongée dans les réflexions mélanco-
liques qu'amenait à sa pensée ce qu'elle venait
d'entendre. . . . .

. . . .

FIN.

PARIS. - IMPRIMERIE DE MAULDE ET RENOU,
RUE BAILLEUL, 9 ET 11.